NICKELODEON

DORA
EXPLORATRICE

Dora et le camion de crème glacée

AVENTURE

par Phoebe Beinstein
illustré par Robert Roper

Paru sous le titre original de : *Dora and the Stuck Truck*

Publié par Presses Aventure, une division de
Les Publications Modus Vivendi Inc.
55, rue Jean-Talon Ouest, 2ᵉ étage
Montréal (Québec)
Canada H2R 2W8

Dépôt légal : Bibliothèque et Archives nationales du Québec, 2009
Dépôt légal : Bibliothèque et Archives Canada, 2009

Traduit de l'anglais par : Catherine Girard-Audet

ISBN : 978-2-89543-950-9

Nous reconnaissons l'aide financière du gouvernement du Canada par l'entremise du Programme d'aide au
développement de l'industrie de l'édition (PADIÉ) pour nos activités d'édition.

Gouvernement du Québec — Programme de crédit d'impôt pour l'édition de livres — Gestion SODEC

Imprimé en Chine

Hi! I am Dora et voici mon ami Babouche! Babouche est en train de me montrer sa chambre et toutes ses images de camions. J'aperçois Dix-Roues, Bulldozer, Grue Géante, Red le camion de pompier, Dépanneuse et le dernier mais non le moindre, Camion de Crème Glacée! Combien d'amis camions y a-t-il? Veux-tu les compter?

Yes! Six! Six camions!
Tu as bien compté!

Babouche vient de recevoir un appel sur son téléphone à camions. Il semblerait qu'un des camions ait des ennuis. Duquel s'agit-il? *Yes!* C'est le Camion de Crème Glacée! Il est coincé dans un fossé. Nous devons avertir tous les autres camions pour qu'ils puissent nous venir en aide.

Appel à tous les camions! Ceci est un appel de Dora l'Exploratrice
et de son ami Babouche le singe. Nous avons besoin de votre aide.
Camion de Crème Glacée est coincé. Nous devons le sauver! Terminé!
Veux-tu nous aider, toi aussi? Génial! Allons-y! *Let's go!*

Nous avons besoin d'aide pour trouver Camion de Crème Glacée. À qui devons-nous demander de l'aide lorsque nous ne savons pas quel chemin prendre?
À Carte! Dis: «Carte!» *Excellent!*

Carte dit que Camion de Crème Glacée est coincé dans la boue au Parc d'Attractions. Pour nous rendre au Parc d'Attractions, nous devons d'abord nous rendre au Pont Casse-tête, puis traverser le Lac Crocodile.

Le Pont Casse-tête se trouve juste devant nous, mais regarde toute cette boue! Comment pouvons-nous la traverser? Nous avons besoin d'un camion avec de grosses roues pour nous aider à traverser la boue et à nous rendre jusqu'au Pont Casse-tête.

Babouche appelle les camions avec son téléphone à camions.
Vois-tu un camion avec plusieurs roues?

Yes! Dix-Roues possède plusieurs roues! Il peut nous aider
à traverser la boue!

Hello, Dix-Roues ! Merci de nous aider à traverser toute cette boue et à nous rendre jusqu'au Pont Casse-tête ! Allez, monte Babouche ! *Hop on!* Mettons nos ceintures de sécurité pour nous protéger.

Merci de nous avoir conduits jusqu'au Pont Casse-tête,
Dix-Roues! *Thank You!* Oh! oh! des pièces du casse-tête
sont tombées! Nous avons besoin d'un camion avec un
long bras pour nous aider à réparer le pont. Quel camion
pouvons-nous appeler pour nous venir en aide? Grue
Géante! Babouche peut appeler Grue Géante avec son
téléphone à camions. Bonne idée, Babouche!

Hello, Grue Géante ! Grue Géante dit qu'elle peut ramasser des objets lourds avec son long bras, mais qu'elle a besoin d'un gros aimant pour ramasser les pièces de métal. Regardons à l'intérieur de Sac-à-dos pour trouver un aimant. Dis: «Sac-à-dos»!

Vois-tu un aimant ici ? *Yes!* L'aimant se trouve entre
la banane et la plume. Prenons- le ! Merci de ton aide.
Grue Géante peut maintenant ramasser les pièces.

Grue Géante a replacé le cercle, mais le rectangle et le triangle ne sont toujours pas en place. Peux-tu lui pointer les endroits où elle doit remettre les pièces? Bon travail! Nous pouvons maintenant traverser le Pont Casse-tête!

Il est maintenant temps de se rendre au Lac Crocodile. J'aperçois le Lac Crocodile au bout du chemin, mais le sentier est bloqué par des roches et des bâtons. Nous avons besoin d'un camion pour nous aider à bouger toutes ces roches et tous ces bâtons. Quel ami camion Babouche peut-il appeler avec son téléphone à camions? *Yes!* Bulldozer!

Oh! j'entends des étoiles! Voici Étoile Bruyante! Étoile Bruyante peut émettre des «Bip! bip!» pour indiquer aux gens qu'un grand bulldozer approche! Attrapons Étoile Bruyante! Lève les bras dans les airs et attrape-la!

Merci de nous avoir transportés jusqu'ici, Bulldozer! Nous sommes maintenant arrivés au Lac Crocodile, mais regarde tous les crocodiles qui nagent dans le lac. Nous avons besoin d'un camion avec une longue échelle pour nous transporter au-dessus des crocodiles. Quel camion Babouche peut-il appeler avec son téléphone à camions? Oui! Red le camion de pompier!

Pour indiquer à Red de nous transporter au-dessus des crocodiles, nous devons lui dire : « *Up!* Monte! *Up*, Red, *up!* » Hourra! Nous sommes au-dessus des crocodiles et voici le Parc d'Attractions. Tiens bon, Camion de Crème Glacée! Nous allons te sauver!

Nous avons besoin d'un camion avec un grand crochet pour aider à sortir Camion de Crème Glacée de la boue. Quel camion Babouche devrait-il appeler avec son téléphone à camions? Oui! La dépanneuse!

Hello, Dépanneuse! Nous pouvons maintenant aider Camion de Crème Glacée à se sortir de la boue. Attends un peu! Étoile Bruyante émet un «bip» d'avertissement. Oh non! c'est Chipeur! Il essaie de chiper le crochet de Dépanneuse. Pour l'arrêter, tu dois dire: «Chipeur, arrête de chiper! Chipeur, arrête de chiper! Chipeur, arrête de chiper! Chipeur, arrête de chiper!» Bon travail! Nous avons arrêté Chipeur. Merci de ton aide!

Dépanneuse a réussi à sortir Camion de Crème Glacée de la boue, et ce dernier offre de la crème glacée à tous les amis du Parc d'Attractions. Miam !

C'est gagné ! *We did it!* Nous n'aurions jamais réussi sans ton aide. Merci pour tout ! *Thank you!*